A Rookie reader español.

Necesito una ayudita

Escrito por Kathy Schulz

Ilustrado por Ann Iosa

Children's Press®
Una división de Scholastic Inc.
Nueva York · Toronto · Londres · Auckland · Sydney
Ciudad de México · Nueva Delhi · Hong Kong
Danbury, Connecticut

Estimado padre o educador:

Bienvenido a Rookie Ready to Learn en español. Cada Rookie Reader de esta serie incluye páginas de actividades adicionales ¡Aprendamos juntos! que son apropiadas para la edad y ayudan a su niño(a) a estar mejor preparado cuando comience la escuela. *Necesito un ayudita* les ofrece la oportunidad a usted y a su niño(a) de hablar sobre la importancia de la destreza socio-emocional de cómo pedir ayuda es parte del crecimiento. He aquí las destrezas de educación temprana que usted y su niño encontrarán en las páginas ¡Aprendamos juntos! de *Necesito una ayudita:*

- contar del 1 al 10
- leer con expresión
- solucionar problemas

Esperamos que disfrute esta experiencia de lectura deliciosa y mejorada con su joven aprendiz.

Library of Congress Cataloging-in-Publication Data

Schulz, Kathy.
  [I need a little help. Spanish]
  Necesito una ayudita/escrito por Kathy Schulz; ilustrado por Ann Losa.
    p. cm. — (Rookie ready to learn en español)
  Summary: After a young boy asks his mother for help in doing various things throughout the day, he thanks her. Includes suggested learning activities.
  ISBN 978-0-531-26114-9 (library binding: alk. paper)— ISBN 978-0-531-26782-0 (pbk. : alk. paper)
  [1. Stories in rhyme. 2. Life skills—Fiction. 3. Self-reliance—Fiction. 4. Mother and child—Fiction. 5. Gratitude—Fiction. 6. Spanish language materials.] I. Iosa, Ann, ill. II. Title.

  PZ74.3.S383 2011   [E]—dc22   2011011431

Texto © 2012, 2004 Scholastic Inc.
Illustraciones © 2012 Scholastic Inc.
Traducción al español © 2012 Scholastic Inc.
Todos los derechos reservados.
Imprimido en China. 62

Reconocimientos
© 2004 Anna Iosai, ilustraciones de la cubierta y el dorso, páginas 3, 5, 7, 9, 11, 13, 15, 17, 19, 21, 23–28, 29 niño y niño y su madre, 30, 32.

1 2 3 4 5 6 7 8 9 10 R 18 17 16 15 14 13 12 11

Necesito una ayudita.

¿Me ayudarías a amarrarme los zapatos?

Necesito una ayudita.

¿Me ayudarías a leer las noticias?

9

Necesito una ayudita.

¿Me ayudarías a arreglar mi barco?

Necesito una ayudita.

¿Me ayudarías a cerrar mi abrigo?

Necesito una ayudita.

¿Me ayudarías a encontrar un asiento?

Gracias por ayudarme.
¿Me ayudarías a compartir mi merienda?

¡Felicidades!

Acabas de terminar de leer *Necesito una ayudita* y has aprendido que todos necesitamos pedir ayuda mientras crecemos.

Sobre la autora

Karen Schulz ha disfrutado poder compartir el proceso de publicar sus libros con sus estudiantes de primer grado. Le gusta escuchar sus ideas para su próximo libro.

Sobre la ilustradora

Ann Iosa vive en un pequeño pueblo de Connecticut con su marido y dos hijos. Se graduó de Paier School of Art en Connecticut y ha ilustrado muchos libros para niños.

Necesito una ayudita

¡Aprendamos juntos!

Cuando crezca

(Cante esta canción a la tonada de "Estrellita, estrellita").

Sea médico o bombero,
astronauta o cartero,
mi intención al crecer
es ayuda ofrecer.

Yo te ayudo y tu me ayudas
en cosas grandes o menudas.

CONSEJO PARA LOS PADRES:
Al promover la independencia de su niño(a) puede que note su resistencia a recibir ayuda. Mientras es cierto que los niños pequeños son capaces de hacer muchas cosas por su cuenta, también es importante que entiendan que todos necesitamos ayuda de vez en cuando. Especialmente cuando estamos aprendiendo a hacer algo.

¿Cuántos juguetes?

El niñito está aprendiendo a cuidar de sus cosas,
pero necesita ayuda a veces para cuidar de sus juguetes.
Ayúdalo a contar un juguete a la vez. ¿Cuántos
juguetes contaste?

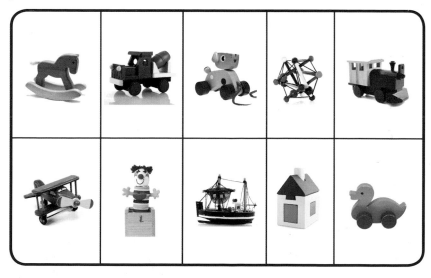

¡Exprésate!

Cuando el niñito pidió ayuda, mostró sus emociones.
Observa con cuidado la cara del niño en cada imagen.
¿Cómo crees que se siente? Ahora imagínate que tú eres
el niño y di: "Necesito una ayudita", con cada una de
esas emociones.

"Necesito una ayudita".

"¡Necesito una ayudita!".

"¿Necesito una ayudita?".

CONSEJO PARA LOS PADRES: Son muchos los beneficios de leer en voz alta con su niño(a). Leer en voz alta le da la oportunidad de mostrarle cómo leer seguido y con expresión (¡para darle vida a la historia!). Señale los signos al comienzo y al final de cada oración y explíquele a su niño(a) que esos signos se llaman signos de puntuación.
• Un punto quiere decir que hay que parar.
• Los signos de exclamación quieren decir que debería sonar sorprendido.
• Los signos de interrogación quieren decir que el que habla está preguntando algo, así que hay que sonar como si se estuviera haciendo una pregunta.